BONDS

RUADES ET CHUTE

DU CHEVAL-PRODIGE

(QUADRUPÈDE DE L'INFINI)

MONTÉ

PAR LE GRAND POÈTE

DES

CHANSONS DES RUES ET DES BOIS

Par un FRELON.

VERSAILLES

IMPRIMERIE DE E. AUBERT

6, avenue de Sceaux.

1866

BONDS

RUADES ET CHUTE

DU CHEVAL-PRODIGE

(QUADRUPÈDE DE L'INFINI)

VERSAILLES. — IMPR. E. AUBERT.

BONDS

RUADES ET CHUTE

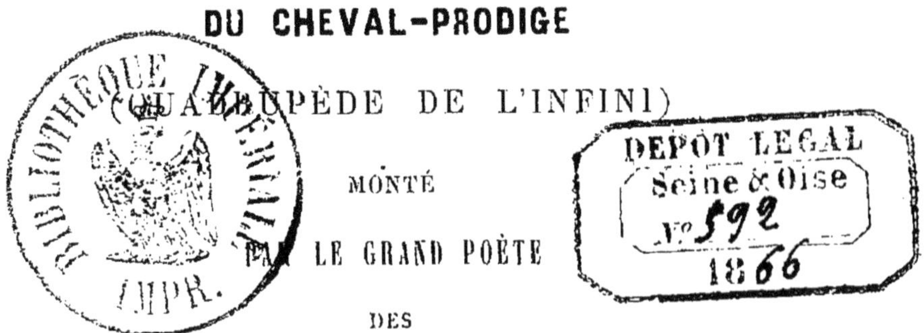

DU CHEVAL-PRODIGE

(QUADRUPÈDE DE L'INFINI)

MONTÉ

PAR LE GRAND POÈTE

DES

CHANSONS DES RUES ET DES BOIS

Par un **FRELON**.

VERSAILLES

IMPRIMERIE DE E. AUBERT

6, avenue de Sceaux.

1866

PREFACE.

L'à-propos manquant à ces rimes,
On peut deviner leur destin.
Elles iront bien loin des *cimes*
S'enfouir, dès demain matin,
Au fond du gouffre immense et *sombre*
Où toute chose doit tomber :
Grande, petite, — *rayon, ombre!*
Et dans lequel, sans regimber,
Tombant un jour de guerre lasse,
Notre globe, *énorme marron* (1),
Dira : Gare donc que je passe,
Au faux-col du docteur Véron.

(1) On lit *bourgeon* dans les chansons du grand poète ; mais *marron* est préférable ici sous le rapport de la rime, et cette variante, d'ailleurs, n'altère nullement le grandiose de la métaphore, car de *marron* à *bourgeon* il n'y a que la main.

PRÉLUDE.

I

Un vieux colonel à barbe encor noire,
Bien qu'il eût par trop vaillamment fêlé
Du nord au midi Vénus Astarté,
Me disait un jour, voici mon histoire :
Séduit, ébloui par les beaux atours,
J'ai d'abord aimé le riche velours;
Le point d'Angleterre et la zibeline ;
Puis j'aimai longtemps l'humble mousseline ;
Mais, dégoûté d'elle, et grâce à Fanchon,
J'aime aujourd'hui — quoi?— j'aime le torchon.

II

C'est ainsi que jadis ce maître de la rime,
Par Réné baptisé du nom d'*enfant sublime*,
Légitimiste alors et soutien de la foi,
Fit résonner la lyre au sacre d'un vieux roi ;
Que plus tard affolé de brunes odalisques,
De parfums d'Orient, de ciel bleu, de lentisques.

Il rejeta bien loin le divin instrument
Pour saisir la guitare, et qu'enfin maintenant,
Qui l'eut dit? vieux barbon dont les ans et les veilles
Ont sillonné le front dès le berceau pensif,
Il embouche, — ô pudeur! bouche-toi les oreilles, —
    La flûte du faune lascif!

III

    Au lieu d'Apollon un satyre,
    Un mirliton au lieu de lyre,
    Après le velours le torchon!
Fils, chantons chonchaine chonchon!

LE CHEVAL.

Quel est ce cheval gigantesque
A la mine sombre et dantesque,
Digne de porter un roi goth,
Et que monte Victor Hugo?

C'est un coursier assez étrange,
Ailé, mais démon plutôt qu'ange,
Et dont les exploits curieux
Vont se dévoiler sous vos yeux.

C'est lui qui *souffle* l'*épopée*,
Il souffle aussi les *coups d'épée*
Flamboyants *hors de leur fourreau*,
— Tour de force vraiment fort beau.

Alérion aux bonds sublimes,
— Qui lui mériteraient des primes, —
Il aime, monstre audacieux,
A gambader dans les bleus cieux,

Ou, si cela mieux vous arrange
(Car j'ai des cordes de rechange),
Dans *la bleue immortalité;*
Le bleu chez nous est bien porté.

Un soir dans sa rapide course,
Fauve, il relaya la Grande-Ourse
Et traîna le charriot d'or
Aussi fier qu'un tambour major.

Le Zodiaque, vaste roue
Souvent dans laquelle il se joue,
Faillit mainte fois l'écraser ;
Qui ne craint rien peut tout oser.

Dès qu'il s'approche, les planètes,
Et même les folles comètes
Qu'environne l'*azur terni*,
S'effarouchent dans l'infini.

Son écurie — où vit la fée
En crinoline, bien coiffée,
Gants de chevreau façon Jouvin,
— Veut un palefrenier divin.

Sur son dos il eut la sybille ;
La mesure du vers d'Eschyle
Est le battement de son pied,
Et l'humeur d'Achille lui sied.

Quand il dresse ses crins, terrible,
L'ouverture de l'impossible,
Cachée à tout être vivant,
Luit sous ses deux pieds de devant.

Vol effréné, — croupe difforme,
Sa fonction est d'être énorme.
Il s'éprit, *lugubre*, absorbé,
De Rachel et de Niobé.

Puis fit de marbre la première,
La seconde de carton-pierre,
Et jeta, d'un bond de taureau,
Malebranche sur le carreau.

Il inspira, — c'est sa couronne !
Le mot du général Cambronne,
— Mot si fameux, — sublime mot !
Sans rime aucune ou peu s'en faut.

Nargue du Pégase-Perruque !
Portant le monde sur sa nuque ;
Celui d'Hugo, — comme il ressort, —
Est un gaillard autrement fort.

Chantons donc ses bonds, ses ruades,
Et surtout, *fils*, ses pétarades !
Mais las ! pris d'un échauffement,
Il est au vert en ce moment.

LE VERT.

Pour quelque temps quittons la cime,
Le noir zénith et le ciel bleu ;
Adieu course au clocher, sublime !
Infini, Zodiaque, adieu !

Je vais mettre au vert mon Pégase,
Et, pendant qu'il y restera,
J'entrerai dans une autre phase
En chantant *traderidera*.

J'étais sombre, je serai drôle ;
De mes couplets sans caleçon
J'émaillerai mon nouveau rôle :
Qu'il vous serve, *fils*, de leçon !

C'est dans les bois, loin du tapage,
Que je veux prendre mes ébats,
Encouragé par le suffrage
Des *Deux-Mondes* et des *Débats* (1).

(1) Voir l'appendice.

Je choisirai pour amoureuse
— Une grande dame? — Non pas !
Mais une robuste laveuse
Riche des plus vastes appas.

Aucune femme ne diffère
D'une autre que par la beauté :
Le nom, le rang, — plaisante affaire !
Embrasse-t-on une entité?

Jeannette vaut Léocadie,
Cloé vaut autant que Marton,
Horace a célébré Lydie,
J'immortaliserai Goton.

INTERMÈDE.

—————

LE POÈTE EST RICHE.

Avec ses stances il achète
Du bon Dieu le nuage noir,
L'astre, *le bruit de la clochette,*
Les diamants de l'arrosoir ;

L'azur des cieux, *le feu de forge,*
Les monts, l'écume des brisants,
Le vent, *le cou du rouge-gorge*
Et les hymnes qui sont dedans ;

Les torrents et les avalanches,
La proportion d'infini
Sortant du tumulte des branches,
L'horizon clair ou rembruni ;

L'espace où tous les souffles errent
Alors qu'aux *cris des chiens méchants,*
Les craintifs moutons qui digèrent
Sont saisis d'effroi dans les champs ;

Il achète *la roue obscure*
Du char des songes, — *dans l'horreur*
Du ciel où sourit Epicure,
Et dont Horace est le doreur ;

Les rocs, l'aurore boréale,
Les lichens du cloître détruit,
Et l'effraction sépulcrale
Des vitraux par l'oiseau de nuit.

Il achète les doux murmures
Du vent dans les plis du jupon ;
L'écrasement des fraîches mûres
Sous les pieds de Rose Pompon ;

L'or du genêt, l'or de la gerbe,
De la lavandière le chant,
Et la *possession superbe*
De tout les haillons du couchant.

Il peut mettre au fond de son verre
Le pré de rosée imbibé ;
Emprunter, traversant la sphère,
Souvent de l'argent à Phœbé.

Il peut, vers le soir, en attente,
Dans la nue où le jour passa,
Voir une *strophe éblouissante*
Pendre à ce décroche-moi-ça.

Il peut, — que ne peut-il pas faire ?
Mais sans fin seraient ces ragots,
Et le plus court est de me taire,
Donc je me résume en deux mots :

Oui, sur les toits je le répète,
Amoureux fou de l'idéal,
Il est riche, le vrai poète,
Puisqu'il peut à pied, à cheval,

Bravant le sort et ses épreuves,
Acheter, se procurer tout,
— Tout, excepté des bottes neuves,
Quand, hélas ! il n'a pas le sou !

LA LAVANDIÈRE.

Sous cet ombrage solitaire
Qui couronne le Haut-Meudon,
Couché sur la tendre fougère,
Près de ma charmande Goton,

J'admirais ses boucles d'oreilles,
Ses yeux fauves, un peu louchant,
Ses fortes mains aussi vermeilles
Que tous les *haillons du couchant* ;

Les arcs de ses sourcils énormes,
De sa lèvre le noir duvet ;
La splendide ampleur de ses formes,
Dignes du pinceau de Courbet ;

Ses cheveux d'une fière pousse ;
Son front bas, mais d'un dessin pur,
Et sa respiration douce
Comme la mouche dans l'azur !

Et je lui dis avec tendresse :
Ma lavandière, mon amour,
Joignant à la force l'adresse,
Tu laves, dès le point du jour,

Le tablier de la portière,
Le mouchoir blanc ou de couleur,
La crinoline — montgolfière !
Le torchon, — ce souffre-douleur !

Tu laves les bas, la chemise
Confidente de maints secrets ;
Tous ces chiffons dont Cydalise
Rehausse ses douteux attraits ;

Le bonnet sans trop de scrupule
Jeté par-dessus les moulins ;
Le casque à mèche ridicule,
Cible chère aux esprits malins.

O toi qui, lavant tant de choses,
Enchantes bourgeois et troupiers,
Apprends-moi donc pour quelles causes
Tu ne laves jamais tes pieds ?

SANS-CULOTTIDES (1).

MEUDON ET LE GARDE CHAMPÊTRE.

*La mère en défendra la lecture
à sa fille.*

Allons, ma *drôlesse* vermeille,
Respirer l'air de ce vallon,
*Affrontant l'aigreur de l'oseille
Et l'épigramme du frelon.*

Tu verras comme le dimanche,
L'herbe, la fougère, les thyms,
Les joncs, les saules, la pervenche,
Les champignons *sont libertins!*

---

(1) Le poète des chansons paraît avoir adopté le calendrier républicain de 93, car plusieurs pièces du recueil portent en titre : *floréal*, *nivôse*, etc., mais, malgré de nombreux à-propos, il a oublié les *sans-culottides* : nous avons avec bonheur saisi l'occasion de les rappeler ici.

Aussi, commis, clercs de notaire,
Étudiants las du cancan,
Quittaient-ils souvent la Chaumière
Pour fêter ici le dieu Pan.

C'est une nouvelle Idalie.
Au diable *le prix Montyon !*
Toute la nature est remplie
De rappels à la question.

Asseyons-nous donc sous ces saules ;
Donne-moi l'éblouissement
De ces deux *fuyantes épaules*
Dont Virgile serait l'amant ;

En attendant un dithyrambe
Digne de son divin attrait,
Laisse *épier par moi ta jambe,*
Tout comme Pline le ferait.

Chère Goton, vive la joie !
Folichonnons, et cœtera.
Ah ! si *l'épine me tutoie,*
La rose au moins me baisera.

Pourrais-tu n'être pas émue,
Pourrais-tu garder ton chapeau,
Quand le *liseron insinue*
Ce que conseille le moineau ?

Cela dit, il faut qu'on le sache,
Au transport de mes sens cédant,
Je déposai sur sa moustache
Mes deux lèvres, — charbon ardent !

Mêlons l'âme à l'âme, ma vie !
M'écriai-je éperdu d'amour ;
Que notre bonheur fasse envie
Au rayon curieux du jour !

Et nos baisers furent étranges,
De sorte que sous ces berceaux,
Après avoir été deux anges,
Nous n'étions plus que deux oiseaux.

Faut-il à ceci me restreindre ?
Ne puis-je, scrupules maudits,
Au-delà de ces baisers *peindre*
Les délices du Paradis ?

LE GARDE CHAMPÊTRE :

—Non, je vous en fais la défense,
Ce bois n'est pas collet-monté,
Mais le semblant de la décence
Doit du moins être respecté.

Vos chansons font rougir la biche ;
Elles rendent les chevreuils fous,
Et jusques à mon chien caniche...
Monsieur, ce n'est pas bien à vous.

Est-ce ainsi qu'un vieux se comporte ?
Veuillez me dire votre nom ?
— *Vaclius l'a dit au cloporte,*
Trissotin l'a dit au chardon.

— Monsieur, je suis fonctionnaire !
Me prenez-vous pour un melon ?
Le melon, quoique débonnaire,
Pourrait vous mettre au violon.

— Calme-toi, bon garde champêtre,
Usant de mon droit idéal,
Je pourrais, *fils*, t'envoyer paître
Et m'éloigner de ce beau val.

Point, — je répondrai sans mystère
A ton interrogation ;
Mais avant de te satisfaire,
Une petite question ?

Deux ou trois, cinq ou six, peut-être,
Et même plus, — ne comptons pas :
Pour l'homme qui cherche à connaître,
Les questions ont des appas.

Donc, *quelle est la chose sacrée?*
Est-ce l'ombre, est-ce le rayon?
Une substance aigre ou sucrée ?
Est-ce la vertu Montyon ?

Ou bien *la musique des lyres,*
Le *baiser,* — baiser des amants ?
Lequel, entre tous les délires,
Calme le mieux le mal de dents ?

Qu'est-ce qui fait que l'esprit pense?
Que l'œil voit, que l'oreille entend ?
Qu'en Cochinchine, comme en France,
On ouvre la bouche en chantant?

Quel est l'autel, quelle est la myrrhe?
Dans le fond arrondi d'un nid,
Dans un regard, dans un sourire,
Combien de kilos d'infini?

Ah ! notre ignorance est profonde !
Que sont cet *énorme bourgeon,*
Vulgairement nommé le monde,
Et la moutarde de Dijon ?

Qu'est-ce qu'Orphée et Zoroastre,
Et Christ que Jean vient suppléer,
En mêlant la rose avec l'astre,
Auraient voulu pouvoir crier ?

Pourquoi, chose très peu morale,
Le mois d'avril chantant drinn-drinn,
Fonde-t-il *une succursale*
De Cythère dans Gretna-Green ?

Le génie, ennemi de l'ombre,
Parviendra-t-il en temps et lieu
A rectifier le *mal sombre*
Faute d'orthographe de Dieu?

Sans craindre que l'on en clabaude,
Dis-moi quel est le *cri d'Amos* (1),
Celui du matou qu'on échaude
Et l'onguent bon pour tous les maux ?

Quel est le feuillet du saint livre
Où l'absolu *pose son doigt?*
Comment, quand on n'a rien pour vivre,
Peut-on payer ce que l'on doit ?

Quel... mais c'est extraordinaire,
Il ne me répond pas du tout...
Que vois-je? mon fonctionnaire
Est immobile et dort debout!

_____

(1) Amos, troisième des douze petits prophètes.

Profitons de la circonstance,
Goton, donne-moi mon burnous,
Ajuste ton Biétry garance,
Et vitement esbignons-nous.

TRISTESSE, DÉPART, CHUTE.

Triste! triste! dirait Shakspeare;
Malgré le progrès continu,
Les préjugés ont tant d'empire
Qu'on a honte encore du nu.

Pourtant Ève, notre grand'mère,
Allait, venait sans cotillon;
Quelle plaisanterie amère
De mettre Adam en pantalon!

Dieu créant l'homme à son image
En fit un être en soi parfait;
Cacher, mépriser son ouvrage,
C'est une injure qu'on lui fait.

Nos appétits sont nécessaires,
Ils n'ont rien de beau ni de laid;
Grands seigneurs et millionnaires
Y cèdent comme leur valet.

Pourquoi donc ne pas faire et dire
Tout ce qui nous vient à l'esprit?
Pourquoi rejeter et maudire
Le mot, la chose qui sourit?

Molière, rendons-lui justice,
Y mettait, lui, moins de façon,
Et les appas de la nourrice,
Il les appelait par leur nom.

Le moineau plus que nous est sage ;
Sans souci du qu'en dira-t-on,
Partout, au grand jour, le volage
Fait l'amour, — non comme Platon.

La pudeur, — un enfantillage!
Devrait n'être plus de saison,
La décence au montant corsage
S'éclipser devant la raison.

En attendant, sous l'ombre fraîche
Même des arbres de Meudon,
Je ne puis plus, — on m'en empêche,
Redire à l'écho ma chanson.

Moins encor ne puis-je à mon aise
Faire la nique au vieux Caton,
Et suspendre un baiser de braise
Aux deux lèvres de ma Goton!

O liberté, liberté sainte,
Comme l'on te traite ! — Morbleu,
Fuyons, fuyons de cette enceinte
Et retournons dans le ciel bleu.

Cheval météore, prodige,
Collègue de Démogorgon,
Pâle aventurier du vertige,
Monstre, grande abeille, dragon ;

Égal des dieux, frère des bêtes,
Voyageur fauve, rembruni,
Affronteur hardi des tempêtes,
Quadrupède de l'infini ;

Titan aux brûlantes prunelles,
Grand inquiet, esprit rêveur,
Puissant producteur d'étincelles,
Ange-démon plein de ferveur ;

Fier dételé du char d'Élie,
Affamé de bleu, de vermeil,
Fou, — mais de sublime folie !
Pôt-pourri rare, sans pareil ;

Viens, entouré de ton prestige,
Mon coursier plus cher que jamais,
Faire une nouvelle voltige
Au milieu de l'infini. — Mais

Je prétends te monter sans selle
Pour me sentir plus près de toi ;
Oui, je voudrais que, mon fidèle,
Tu ne fisses qu'un avec moi ;

Je voudrais que de ta crinière
Chacun des poils plus ou moins beau,
Renfermât comme en une bière
Un des rêves de mon cerveau.

Mais avant de quitter la terre
Pour les espaces radieux,
Remplis ton sacré ministère :
De tes quatre pieds furieux

Pétrissant du ruisseau la fange,
— Dût en rugir l'autorité,
Éclabousse, salit, archange,
Ces fléaux de l'humanité

Dont Néron est le prototype :
Princes du sombre, ogres-tyrans,
Comme Louis, Charles, Philippe,
Mangeant crus les petits enfants.

Sur ce haut piédestal servile
Où pose un homme *à numéro*
Qu'admire la foule imbécile,
On écrit roi, — je lis bourreau.

Éclabousse aussi ces athées,
Ces persécuteurs au cœur sec
De tant de pauvres Prométhées
Réduits à manger du bifteck ;

Le barde qui vend Calliope,
Et change vivat ! en à-bas !
Une religion miope ;
Un peuple acclamant Barrabas.

Mais soutiens l'homme de science
Combattant l'*autel qu'il dément,*
Fort de sa propre conscience
Sans *aucun autre adossement.*

Puis, sans perdre de temps, voyage
Dans l'azur soit noir, soit vermeil,
Et dirige ton vol sauvage
Vers les régions du soleil.

Dépasse de bien loin, rapide,
Le ballon géant de Nadar ;
Nadar plus connu, l'intrépide,
Que *l'organe de l'Avatar* (1).

(1) *Avatar* pourrait bien être le nom que les Indiens donnent aux incarnations de Vichnou, dont le nombre s'élève jusqu'à neuf. Mais *l'organe ?* — Devinez.

Et si tu rencontres mon maître,
Quelque sphinx, du mal messager,
Tu diras : *ah! ça, parle, traître,*
Ou bien je vais te corriger.

Enfin, dans l'épaisse nuée
Qui des rêves cache le seuil,
Pratique une large trouée
Seulement visible à ton œil,

D'où par myriades réparties,
S'élançant dans l'immensité,
Les bécasses toutes rôties
Tomberont sur l'humanité.

Ceci compris, sans verbiages,
Monstre fuis, cours, prends le galop,
Naseaux ouverts, ventre aux nuages :
Je suis ferme sur ton garrot.

Hurrah! voilà que tu figures
Au-dessus du Pas-de-Calais,
Bien loin déjà de ces ordures
Dont sont encombrés les palais

Pourtant... me trompé-je? — Il me semble
Qu'au lieu de monter tu descends?
Te trouverais-tu mal? j'en tremble!
Je suis près de perdre mes sens......

Ah ! c'en est fait, ma pauvre belle,
Tu t'épuises en faibles bonds
Et tu ne bats plus que d'une aile...
Grands dieux ! nous tombons, nous tombons.....

. . . .

———————

ÉPILOGUE.

De nos deux voyageurs la chute
S'opéra sans grand accident ;
Ils tombèrent sur une butte
Près de Londres, — à l'Occident.

Un des grands docteurs de la ville,
Dit : point de membre disloqué ;
Mais ce praticien habile
Trouva leur cerveau détraqué.

Or, ils prirent par ordonnance
De l'élixir de Sydenham,
Et furent admis, vu l'urgence,
Pensionnaires à Bedlam.

FIN.

APPENDICE.

Encouragé par le suffrage
Des *Deux-Mondes* et des *Débats*.

. . . .

« Jamais V. Hugo ne s'est montré plus jeune, plus riche de séve, animé d'une volonté d'artiste plus énergique et plus puissante. Nos lecteurs connaissent ce Cheval des inspirations lyriques, au mors duquel se pend le poète comme un cavalier que Michel-Ange aurait sculpté. V. Hugo mène bien au vert ce Pégase du délire poétique. Quels sons, quels parfums, quels caprices, quelles fantaisies dans ces heures données à la nature et aux émotions d'amour ! . . . .
. . . . Dans l'ode superbe adressée au Cheval à la fin du volume, le poète renvoie le monstre à l'abîme, à l'idéal. C'est là que M. Hugo trouve des accents qui n'appartiennent qu'à lui ; c'est la véritable fureur poétique dans le sens antique et grandiose du mot ; on ne peut entendre sans tressaillir cette voix de Titan. On est fier, en vérité, des miracles que M. Hugo fait accomplir à notre langue poétique, et on voudrait le remercier, *comme d'un service rendu à la patrie, des grandes et nobles choses* qu'il envoie à nos âmes avec cet élan héroïque et sous cette forme incomparable. »

(*Revue des Deux-Mondes*, du 1er novembre 1865, article signé E. Forcade, en toutes lettres ! ! !)

Quant au journal *des Débats*, a-t-il aussi cassé l'encensoir sur les naseaux du Cheval-Prodige ? Nous ne saurions l'affirmer, mais il a dû le faire.